KB078737

사랑을 빚는다

사랑을 빚는다

ⓒ 신설자, 2023

초판 1쇄 발행 2023년 3월 14일

지은이   신설자
펴낸이   이기봉
편집   좋은땅 편집팀
펴낸곳   도서출판 좋은땅
주소   서울특별시 마포구 양화로12길 26 지월드빌딩 (서교동 395-7)
전화   02)374-8616~7
팩스   02)374-8614
이메일   gworldbook@naver.com
홈페이지   www.g-world.co.kr

ISBN   979-11-388-1705-9 (03810)

사랑을
빚는다

신설자 시집

좋은땅

한글은 그 어떤 글보다 아름답다.
늘 마음속에 담고 산다.
한 자, 한 자가 참 곱고 예쁘다.
삶 쉬운 것이 아니다.
수십 년을 이리 뛰며 저리 뛰고 살다 보니
어느새 칠순이 코앞이다.
아직도 꿈을 간직하고
오늘을 꿈으로 메우며 살아간다.
어렵고 바쁜 삶 속에서도
한 자, 한 자 그때그때 메모를 한다.
그것이 아름다운, 추억된다.
귀촌해 자연에서 살다 보니 삶 참, 아름답다.
도시의 삶, 아름답다.

여명에 들길을 걸으려
현관문 열면 초록이 나에게 묵례를 한다.
뜨락의 풀꽃들이 생글생글
들꽃들이 미소로 반깁니다.
한파에도 햇살이 내려앉아 놀다 가면
꽃님들 꽃대를 세우려 안간힘 쓰고,

동장군 앞에서도 피어나려 늘 기회를 노린다.
길 위에 생명도 힘을 과시하는 놈보다
배려하고 양보하며 어울려
이쁜 삶 사는 생명이 더 많다.
물론 만물의 영장인 사람들의 사는
모습이 몇 배는 더, 경이롭다.
도시 삶도 농촌의 삶도 제각각이지만
내면의 아름다움이 피어나는 것 같다.
거기에 더 동화되어 살고 싶어
『사랑을 빚는다』로 여러분 곁으로 갑니다.

정을 쌓고 사랑을 빚으시면서 건강하시고
걸음걸음마다
행복이 가득한 삶 사세요

신설자

목차

수필

1부

사랑을 빚는다

술래 1

햇살과 바람의
속살거림 속에서
두 알을 한 알로
세 알을 한 알로
네 알을 한 알로
다섯 여섯 알을 한 알로

수날들을 툭하면
살고파 숨은 초록
방울 찾아 나섭니다
나 살려고 찾아서
세상과 이별을 시킵니다

자연의 섭리를 앞세워

초록이 붉디붉어지는
날까지 나는 술래다
평생, 무엇인가 찾고자
하면서 사는 나는 술래다

시 노트 ～～～～～～～～～～～～～～～～
사과를 적과하면서.

술래 2

봄이면 냉이 달래 쑥을
찾으러 나서고

봄이 익어 갈 무렵
두릅 머위 엄나무 순
찾으러 나서고

여름이면 시원한
그늘과 계곡과 바다를
찾아서 가고

가을이면 도토리와 밤을
찾아서 간다

사는 동안은
더 나은 삶을 찾아서 가는
나는 술래다

첫사랑

연약한 시절
샘물 같은 사랑을
머금고 거닐다가

마음이 향할까?
두려워 홀연히
떠나 왔다네

자존감 하나로
버티고 살다가
살포시 내려놓으니

그 시절 향기가
그리워진다

어디에서 어떠한
모습으로
살고 있을까?

가끔은 아련한
추억을 돌이켜 본다

손 한 번 잡혀

보지 못한

순수한 이가 있던

시절 꽃 피던 봄이여

여정

피어날 무렵
혼인을 하고는 자신을 사르며
쉼 없이 달음질쳐 왔다

자신은 남인 양
생 내내 사르고 사르며

수없는 밤을 한낮처럼 쓰면서
쓰러져 멍들어도
돌볼 수 있음을 감사하면서

세상을 품고 사는 것도
아름다운 여정이라 생각하는
천생 여자의 사랑은

가뭄의 단비이고
어둠 속의 찬란한 빛이다

출렁다리

제천 옥순봉 출렁다리 위에서

흔들흔들 겁났다
생 동안 흔들리고 겁나지
않은 적이 있었든가

흔들리고 겁나면
두렵고 어렵던 때를
떠올리며 생의 길을 왔다

출렁출렁거려도
떨어지지 않을 터인데
삶에서 낙오될까 봐

세상을 꼭 잡고
살아온 것처럼
온 힘 다해 난관을 잡고

흔들흔들 오늘도
코로나바이러스란 놈 때문에
흔들리는 생을 간다

사랑을 빚는다 1

곰국을 끓이면서

열두 시간씩 칠일간
장작을 태웠다
청춘인 것처럼 활활

공허했던 마음에
따뜻함이 차올랐다

사랑을 빚으니
뽀얀 정이
모락모락 피어났다.

그래서인지 얼굴은
검게 그을렸지만

자꾸만
장작을 태워서
부글부글
우윳빛 사랑을 빚는다

봄물

마음에
봄물이 들었네

조그만
별꽃이 자꾸만
보고 싶다

조그만
별꽃 보러 가야
하는데

모든 것이
여의찮아서

그리움이
별꽃처럼 피었다

삼색제비꽃

에구머니나
밟을 뻔했다

진보라색과
노랑물 살짝 든
작은 삼색제비꽃

꽃띠였던 젊은 날

밟히지 않으려
애쓰던 기억이
떠올라서 가슴
쓸어내리며

다른 이의
이국에서의
삶을 떠올려 본다

시 노트 ～～～～～～～～～～～～～
재미교포들이 이유 없이 테러당하는 뉴스를 보고.

윤슬

봄이면
더 찬란했는데

빛은 찬란한데
처연하다

빛도 우환에
떨고 있다

흔들리는
마음으로
찬란한 봄날에

윤슬 품어다

그 빛
곳곳에 뿌리면
우환 사라질까?

시 노트 ～～～～～～～～～～～～～～～～～～
코로나가 오고 일 년이 넘은 봄날에.

적과

햇살 아래서

살가운
바람 맞으며

알찬 삶 일구려
적과한다

사람들과
부딪치며 살다가

초록과 마주하니
희열감이 차오른다

본디 자연에서
왔으니 그러하다

연둣빛

연둣빛 세상이다

연둣빛의
상쾌한 노래
소리가 들린다

여기저기서
아름다운 이야기가

요래조래
피어오른 초록의
향연 속으로 가 보자

연둣빛 향기가 난다

푸르른
삶이여 펼쳐지거라

네리네(상사화)

임 오는 소리가
들리는 듯하여
지지 않을
미소를 머금고
맞으려 했는데

빗소리였든가
떠오르는 빛과
임의 그림자만 남아
눈부시게 화사하다

임은 떠나간
그 자리에서 만난
낯 모르는
임을 기다리는
가엾고 어여쁜 네리네 화

귀촌 일기 1

지난 오월에 왔지요

수날들을 쪼개서
여름내 짐 정리와
꽃밭 텃밭의 풀꽃들 머리채
붙들고 씨름하느라

여가만 나면
크고 작은 돌들로 정원에
어설픈 그림을 그리느라

좋아하는 시 한 줄도
써 내려가지 못합니다

어쩌면 자연과 노는 게 더
좋은지도 모르겠어요

귀촌 일기 2

뜨락에다
빨래를 널어 보니 좋다
계절마다 갖가지 꽃이 핀다

뜨락에는
고추 가지 부추 상추
참깨 파 등이 있어 좋다

겨울날 햇볕이
부서질 때 길고양이들이
노닐다 가니 좋다

시린 날 장작을 때서
감자탕 갈비탕 곰국 끓이니

온몸에 온기가 돌면서
사랑이 자연 속에서 익어 간다

수다

벗님들이여
보고 싶다

벗님들이여
만나고 싶다

하루 이틀
한 달 두 달 하다가

이 년이 넘었네

하루 이틀 하다가
언제 그랬냐는 듯이

마주 앉아
늘어지게
수다를 떨고 싶다

불씨

타오르는 통나무의 보면서
내 마음의 추억도 타오른다

보고 싶다 만나고 싶다

먼발치서
이곳저곳을 기웃거리다 보면
만날 수 있을까?

인파 속을 헤집고 다니다가
그조차 못 할까 봐

나돌고 싶다는
그 마음을 장작과 함께
태워 보려고 애를 쓰면 쓸수록
더한 그리움만 쌓이네

위로

뜨락에 살포시
내려앉은
잎새를 보면서

한파에
가물가물한
영혼을 지닌
풀꽃들 보면서
위로를 받는다

풀꽃

웅크리고
밤새워 흐느끼고도

밝아 오면
앙다물고 웃지요

숨조차 쉴 수 없는
눈보라가 휘몰아쳐도
입술 깨물면 웃는다

온몸이 시려도
그저 웃을 뿐입니다

찰나의 삶이라도
웃기만 했었다는
추억을 만드는 중입니다

비질

고요한 아침에 비질한다

마당 안 한가득
빛이 머금길 바라며

내 발길이 머무는 마당 안의
부끄러움을 씻어

티끌 없는 마당 안에서
맑은 마음이 피어나길

나의 마당 안의
머물렀던 밝은 빛이
꽃이 될 거라는 믿음으로

어둠이 내릴 때는
천사가 올 거라는 믿음으로

조석으로 비질을 한다

거미

거센 비바람도
아랑곳하지 않고

삶이라는 이름으로
밤 밝혀 가면

엮고 엮은
생의 한가운데서

따뜻한 삶 맞이하려

밝아 오도록
잠 못 이루는 삶

아름다운 삶이어라

장날

밤새 내린
뽀얀 눈을 밟으면서
찬바람에 밀려갑니다.

과일 생선 뻥튀기뿐인 장

여름 내내 있던 옷 아저씨
호떡 부부는 차가운 날이
미워 오지 않았나 봅니다

빛바랜 장마당에서
서리태 튀기고 옥수수
뻥튀기 사 들고 오는 길

근동 장날만 헤아리면서
추억 속의 시절을 머금고
바람을 맞으면 들길을 갑니다

낯선 계절

오랜 도시 생활로

먼발치로
오고 가는
계절을 느끼고 살다가

자연으로 와

지척에서
계절을 느끼고 사니

낯설다

살던 곳이 그립다

가을 끝에서

하얀 미소 짓던
이름 모를 꽃들

새벽이슬 맞으며
걷던 길 아래 냇가의

청둥오리
열서너 마리가
유유히 세월을 낚는다

여름날 동틀 무렵
훨훨 날던 하얀 새
두 마리는 어디로 갔을까?

나 또한
자연에서 놀다가
살던 곳으로
돌아갈 수 있으려나

뜨락에서

여차저차
하더니 봄 저 멀리

여차저차
하더니 여름 멀리
가을과 청춘도
멀리멀리 갔는데

풀꽃들과
씨름합니다,

뚝딱뚝딱
거리 다 보면

이른 봄부터
초록초록한
먹거리가 쏙쏙
올라오는 재미로

엄동설한에도 햇살만
내리면 잡초와 돌들을
뜨락에서 쫓아냅니다.

단풍

초록초록하던
시절 수많은
생명을 품고도

한결같을 거라는
믿음으로
힘차게 와서인지

고운 모습으로
세상을 품고 있네

초록한 시절
품고도 모자라서

가는 길에도
고운 모습으로
모두 오라 하네

변주

따뜻함에
이래도 되나 하는
행복감에 젖을 무렵

냉랭한 비바람이
온 천지를 두드려서
그 떨림에
익숙해질 무렵

햇살이 살짝
내려와 미소 짓더니

하얀 가루가
부슬부슬 자연의
사랑법인가 봅니다

국화

쓸쓸한 날
차가운 바위에
기대여 핀 국화

국화가
더 빛나는 것은

순간에
스러져 갈지라도

한껏 피어나
가을의 입맞춤을

시샘하는 햇살이
내려앉아서입니다

그리움

봄의 끝자락에
귀촌해서

여름내 풀꽃들
머리끄덩이
잡고 싸웠지요,

쓸쓸한 겨울날
여름내 다투었던
풀꽃들이 그리운 것은

다툴 이도 없는
한가로운 계절이라서

풀꽃들의 향이
더 그리워집니다

회상

안동 하회마을에서

초가집을 지날 때
정겨운 소리가 들린다

밥상머리에서는
온 식구의 정이 오가는
소리가 여물어 간다

흩어졌다가 때 되면
다 같이 냠냠
후루룩 소리는 어디로

옛길을 걷고 있노라니
대문을 열고 들어가
정겨웠던 옛
정취에 취하고 싶다

장송

장대한 모습으로
하늘 우러러
우뚝 서 있는 것은

오직 따뜻한
사랑을 얻기 위함이요

기대어 살고 싶은데
장송이라 하여 모두가
기대려고만 할 뿐이라서

사시사철 푸르른 것은

오롯이 당신의
따뜻함을 품에
들이기 위함이라오

웃어요

삶이란 단어 앞에
온몸을 내던지고 살아온
오십 년 세월을 돌이켜
보고 나는 웃어요

겨울밤 냉기를
친구 삼아도 꿈이라는
단어 앞세워 웃고요

암 선고를 받고도
내일은 나을 거라
생각하면서 웃었답니다

오로지 내일은 오늘
보다는 나아질 거라는
희망을 품고 달려왔네요

어느새 칠순이
문턱에 와 있지만
아직도 꿈을 꾸면
희망이 차오르면서
웃음이 온몸으로 번집니다

본성

모두가
따뜻한 마음을 품고
살고 싶다는
열망을 품고 있지만

산다는 것에
급급하여 잊어버렸다

본심은 남아 있어서

때론 알 수 없는
훈훈함이
가슴 속에서 차오른다

가을 하늘

파란 하늘에
지나온 청춘을 그려요

주름을 빼고
얼굴을 그립니다

가만히 보니 곱기는 한데

세월의 흔적이
없으니 슬퍼지네요

곱진 않더라도
살아온 흔적을 다시
그려 넣으렵니다

못 이룬 꿈도
같이 그릴 거예요

조릿대

푸릇푸릇한
모습에서
젊은 나를 본다

기운 없던 발걸음은

푸릇푸릇한
너를 보면서
나의 발걸음도
푸릇푸릇해졌다

소풍 가는 날
기다리는 아이처럼

눈길

눈부시도록 하얀
순백의 길을 갑니다

햇살이 내리니
온 천지가
보석처럼 반짝입니다

뽀드득뽀드득
소리와 함께
반짝이는 보석들의
소리가 산들바람에
부딪쳐 온 세상에 울립니다

산들바람이
속살거립니다
그 빛과 소리는
초록을 깨우고 있는 거라고

바람

오늘도 꿈이라는
바람을 잡으려
마음 다해 살아요

내일도 구상해요
꽃 대궐이라는
바람을 잡으려 하겠지요

모레는 상상 속의
금은보화라는
바람을 잡으러 가겠지요

또 다른 날이 오면
온 힘 다해 호화로운
바람을 잡으러 갑니다

그런 바람을 잡으려
애쓰지만 잡히지 않을
뜬구름 속에 하루하루가
가도 꿈이라는 바람을
맞으며 살까 해요

추억 속으로

두고 온 사랑은
아름다운 추억이고

따라온 사랑은
실전이라 쓰리다

좋아하던 이는
나를 아껴 줄 것이고

좋아서 따라나선 이는
좋다가 끝날 것 같아

반반이었으면
좋았을 터인데

거기서 거기더라도
다음 생이 있다면
서로가, 서로를 위하는
조건으로 반반을 해야지

중독

소나기를
피하라고 우산을
받쳐 주는
이가 있어
비를 피하려 쓰다가

우산을
받쳐 주는
생의 길을 간다

때론 세찬
소낙비도
맞아야 한다
는 생각하면서도

딱 한 번으로
중독이 되어
무뎌진 채
생의 길을 간다

동화

참, 이쁘다
이리도 이쁜 세상을
수십 년간을 삶이라는
무게로 알지 못했다

삶 조금 덜어 내니
흔들리는 갈색 잡초
얼음물 사이로
유영하는 오리와

얼음 사이로 살갑게
흐르는 거울 같은
물도 눈부시게 이쁘다

파고드는 추위도
삶에 희열을 느낀다

살을 에는
겨울 참, 이쁘다
자연에 동화되어 살고프다

겨울새

차디찬 계절은
물 맑아 아름답고

서로가, 서로를
있는 듯이 없는 듯이
사는 생명 아름답다

삭풍 부는 겨울
맑고 차디찬 물속을
유영하면서 산다는 것은

참선하는 삶을
사는 것 같아 아름답다

2부

삶 아름답다

길을 묻는다면

그대가
나에게 길을 묻는다면
고르고 골라서 반듯하고
향기가 가득한 곳으로

그대가
나에게 길을 묻는다면
향기로움이 가득 찬
인연들이 있는 곳으로

그대가
나에게 길을 묻는다면
서로가, 서로에게서
향기가 피어오를 때까지

봄

봄 소리에 가슴 뛰고

봄바람 삶을
불러일으킨다

봄꽃 삶의
선물 같은 것

봄 향기
스며들어 일깨운다

봄이 봄은
희망이라고

봄은 모두를
서게 하는 것 같다

새소리

청아한
소리에
마음 머무르고

이 가지
저 가지로
날갯짓하면서
지절거린다

겨울
요정이
홀연히 와
화합의 하모니가
울려 퍼져

아름다운
소리로 가득하니

엄동에
따뜻함이
피어나는 듯하다

사랑을 빚는다 2

썰매가 달린다
부드럽고 달달한
사랑을 싣고, 스르륵스르륵

기사님은 웃음 만개한
할아버지 할머니

탑승자는 눈에 넣는다
해도 아프지 않을 손주님

기사님들 동심으로 가
신난다, 신난다
오늘만 같아라

손주가 낸 차비는
만개한 웃음
사랑과 아름다움을
세상에 전파합니다

사랑

널 사랑한 것은
내 가슴이 뛰기 때문에

널 사랑한 것은
나도 모르게
내 마음이 향해서

널 사랑한 것은
아름다운
네 마음을 알기에

어쩌다 보니 너의
아픔까지 사랑했지만

나의 작은
가슴으로 차마
품을 수가 없어서

돌아서서
후회하면서 맺힌
이슬방울 훔치면서

마음으로만

늘 외쳐 본다 사랑해

사랑해. 사랑해. 라고

봄눈

입춘이 열흘 지났다
봄눈이 내린다

미안했는지
작은 가락 눈이다

초록 아가들
실눈 뜨고 있던데

함박눈이라면
덮기라도 할 텐데

겨울이 떠나면서
심술을 부리는 건지

간절기가
초록 아가들에게
주는 선물인지
투정인지 모르겠다

하얀 세상 아름답지만
꽃 피는 봄 기다려진다

입춘

밤새 눈이
소복소복. 쌓였다

올겨울은
겨우내 눈이
서너 번 온 것으로
기억한다

지난겨울은
눈이 거의
오지 않다가
겨울 막바지에 왔다

자연 무심한 듯
무심하지 않다

봄 초록들
추울까 봐서
입춘날 하얗게
하얗게 감사한 날이다

한동안 땅속의
새싹들 배부르겠다

소금

푸르른 바다가 보인다
파도 소리가 들린다

아름다운 이야기를 품고

어머니 품을
떠나온 빛나는 보석

어머니 뜻으로
아름다운 이야기를 전하러

마지막 여정은
빛나는 보석이 되어
세상 모든
생명의 소금이 되었다

찻집에서

겨울날
따뜻한
차 한잔에
멋진 풍광을
품고 넣어 마셔요

세상의
모든 것이
곱고 향기롭기를
기원합니다

입춘

기온은
저점이지만

끌어안고
있던 자양분
털고 나오라고
바람은 불지만

해 끝은
따뜻한 입춘

태양의
온기를 느끼는
날입니다

이월

따뜻한 햇살을
등에 지고

사과밭에서
어설픈 전지를 하고

사랑 표 곰국을
끓이면서

봄 오니 욕심껏
먹거리 가꾸려

뜨락의 돌들을
골라내면서

봄 아가씨
생각에 괜스레
마음 붉게 물들었다

양직묘

농부의 사랑
속에서 피어오른다

파릇파릇함 속에서
유년기를 떠올린다

부모님의
고운 숨소리가
원동력이었듯

고운 것만
듣고 보고 크라며

정성이 담긴
물거름 음악 소리에
파릇파릇 곱네

오늘 밤 꿈에는
파릇파릇한
이 길을 따라가

유년기 속을 다녀오리라

시 노트 ～～～～～～～～～～～～～～～～～～～～
비닐하우스 안에서 묘판에 씨를 뿌려 어느 정도 기른 후 본
밭에 내다 심는 묘(苗).

싫다

봄 오는
길목이 냉랭한 것은

서로가
잘났다고 하면서
서로가
서로를 뜯어서

자연도
냉랭한가 보다
세월
가는 게 싫지만

지금의
날들이 속히
묻혔으면 한다

꽃 피는 봄이여
어서어서 와 줄래
사랑해

현재 울 동네 날씨는 한파 경보, 대통령 선거 중 제일 진흙탕
밭 같다.

우수

어제와 오늘
바람이 차다

몸과 마음이 시리다

그래도
기분이 좋은 것은

만물을 깨워
봄을 피우려 하니

매서운 바람 속에 있어도

마음으로부터
향긋한 봄 내음이 난다

봄비

삼월 첫날
봄비가 옵니다
꽃님들 오겠지요

부슬부슬 젖어 들듯
마음속 가득히
꽃이 피어오른다

손바닥만 한
밭도 만들고
보글보글 사랑도 빚고

게으른 복수초
목련 작약 등등
꽃 소식 전할
생각에 가슴 뛰네요

아프다

산천초목이
벌벌 떨면서 운다

묵묵히
살아온 것이 죄인지

한 점 부끄러움 없는
삶이 사라져 간다

코로나바이러스에
마음 졸이다 울고

악령의 횡포에
무수한 생명들이
어찌할 바 모르고
죽기 살기로 살고

생각 없는 이의
행동으로 터전 잃고
망연자실 악재 세 번
뒤에 행운이 온다
한들 슬픔이 묻힐까

시 노트 ～～～～～～～～～～～～～～～～～～～～～

코로나 삼 년째가 되고 최장 기간의 산불, 러시아가 우크라
이나 침공, 2022. 3. 9.

단비

타들어 가던
대지에 밤새도록
선물이 내렸다

기다리고
기다리던 비
팔 벌려 마중했다

비실비실하던
온몸에 피가 돈다

메마른 세상이
두려워 머뭇머뭇하던
작물들도 올라온다

생명들 날고 뛰노네

농부도 하늘
향해 미소 짓고
들 한 번 쳐다보고
아직은 찬비
맞으며 좋아라 웃네

봄날

복수초가
꽃망울을 앞세워
올라옵니다

생강나무 꽃은
벙글다 벙글다

향기로운
냉이 향에 취해

양지쪽에는
고양이 꾸벅꾸벅

냉이꽃과
눈 맞추며

쑥 향에
취하러 가야지

꽃님들 만날
생각에 미소 벙글다

고향

떠밀려 온 지 어언 일 년
터전이라 생각하고
살아 내면서 청춘을 묻은 곳

볼일 핑계로 가서
돌아보면서 수십 년간을
나를 품고 살아 줘
고맙다는 마음을 전하며
잠시 먹먹함에 젖는다

삶이 아프다는 핑계로
무심한 듯 살아 낸 곳
발전이라는 명분 아래
고향 집이 사라져 간다

가슴 아프지 않으려,
사라지지 않는
태곳적부터의 자연을
더 좋아하고 사랑한다

인위적인 것들도
오래 두어서
자연스러운 것으로
남았으면 한다

나의 마음속에서는
연기처럼 사라지지 않을
인고의 시간 속
추억 서린 고향 집

초가삼간

정겨움이 담긴
초가삼간이
오막살이가 돼 버렸다

단순하여
삶이 보이던 초가삼간

가벼운 맘으로
다가갈 수 있던
정이 넘치던 곳

아직도 정이라는
향기가 나고
사랑의 흔적이 남은 곳

바라만 보아도
사랑스러운 초가삼간
물 같던 삶이 있던 곳

시 노트 〰〰〰〰〰〰〰〰〰〰〰〰〰〰

맑은 물속처럼 서로의 삶이 보였던 것 같아서.

차 안에서

수 시간째
지칠 줄 모르고
흔들어 대는 여인들

살아야 한다는
이유로 여자이기를
포기한 채 흔든다

집안일로 직장 일로
허리 한 번 못 펴고 살다가

자식의 삶이 빌미 되어
손주를 봐야 하는 이유로

아직은 삶이 녹록지 않기에
자신을 죽이고
가족. 위해 살다가

어쩌다 간 하루 여행에서
번뇌를 털고 있다

야생화

초록 구슬
몇 알갱이 달고
손가락
마디만 한 키로

버티고 서 있던
작고 하잘것없었지만

나름대로
당찬 모습으로

온 힘 다해
세상살이 만반의
준비하고
당당하게 서 있다

한가위

지지고 볶고
끓이고 굽고
일 앞에 생각 없다

어제 일 잊고
부침개 한 입 베어 물고
맛에 젖어

송편 한 개는 행복
나물은 향기이고
조기는, 삶의 기운

식구들의
아삭거림은 즐거움이다

소고기 한 점은
고향 부모 형제를
떠올리는 시간이라네

한가로움에
행복이 차오른다

봄눈

여린 새싹 얼굴에
봄눈이 내린다

초록 아가들 추운
줄도 모르고 좋아라 하네

흩날리는 봄눈 속에서
찰칵찰칵 생명수 반갑다

수일 전 뿌린
강낭콩 수박 옥수수
참외 파 씨야 일어나
지난겨울 뿌린
더덕 씨 이참에 깨어날까?

약 씨라면서 옆집
호호백발 언니가 준
수세미 씨앗도 심었는데

콩알만 한 상추 보면서
봄눈 맞으며 기웃기웃
어설픈 귀촌 일 년 차

봄날에

살랑살랑
봄바람 맞으며

꽃다지꽃 만나러 간다
살랑살랑
봄의 나라로 간다

밖으로 나오면
복수초 튤립
히아신스가 반긴다

돌단풍꽃 벙글다

무스카리꽃은
작은 키로 서서 나를
올려다봅니다

눈부시도록
하얀 민들레꽃이
여기저기서 벙글벙글

발길을 멈추고 빙긋이

꿈을 꿉니다

봄님을 만나면
감사하다는
인사를 우선할 거예요

갖가지 꽃이여
잊지 않고 나와 줘
고맙다는 인사를요

과실나무는
어여쁜 꽃 피워
삶의 기쁨을 주고
맛있는 양식을 내주어

고맙다는 인사를
웃음 띠고 거듭거듭
고개를 숙일 거예요

세상 모든 만물이여
함께 있어 줘 고맙습니다

사월

사월에는 마음에
기쁨이 깃들도록 해
그 기쁨 한 줌

햇살에도 신나 해
하면서 햇살 한 줌

대지 위에 초록이
널리면 청춘 한 줌

정 한 줌 더해서

조물조물
이쁘게 빚어서
사랑하는
이들에게 줘야지

고백

히아신스와
튤립을 뜨락에
이쁜 봄을 보려고

아기 캠벨 청포도
나무 2그릇 뜨락에
결실을 기다리려고

라일락을 뜨락에
새 식구로 들였다
향기에 취해 보고파

사과밭에 황도 백도
심고 단맛을 보려고

퇴비장 옆에
꾸지뽕 2그릇을
보약이라고 해서

고백하는데 사실은
식물의 삶을 보는
재미를 느껴 보려고

이뻐할게 사랑할게
세상에 공짜 없다

봄

봄이야
사랑해

봄이야
늙지 마

봄이야
가지 마

봄이
가고 나면
봄이만 기다린다

봄이 오면
희망이 피어오른다

그래서
늘 봄이만
기다리는가 보다

민들레꽃

뜨락에는
흰민들레꽃이
지천이다

사과밭에도
노란 민들레꽃이
지천이다

햇살이 내리면
햇살의 입맞춤으로
새하얗게 새하얗게
피어나고

햇살이 내리면
햇살의 입맞춤으로
샛노랗게 샛노랗게
피어난다

온 세상에
초록초록한 청춘이
봄날의 민들레꽃처럼
피어났으면 좋겠다

바람

바람이 든다
봄바람

꽃바람 불어오니
마음이
싱숭생숭합니다

꽃님들과의
사랑의
눈 맞춤으로

아름다움이
스며들어 와

마음속에서
소용돌이치던
바람이
잠잠해졌다

꽃바람
한 번에 살맛 난다

현호색

봄바람에
젖어 봄 길을 간다

걸음걸음마다
현호색 전구들이
반짝반짝

봄 길이 빛난다

서로 서로의
눈 맞춤으로

마음 안에서
반짝반짝하더니

빛이 가슴에
한가득 깃들었다

초록의 세상

꽃님들 보느라
초록 사과와 데이트하느라

감자 고구마밭 가느라

어여쁜 완두콩 까느라

옥수수와 키 재기 하느라

수박 오이 참외 호박
토마토 고추란 놈들 보다가

상추 쑥갓 깻잎 따는 재미로

잠자느라 결석한 빈자리에
녹두, 콩, 팥 심고

고구마밭에서
초록과 숨바꼭질합니다

녹두

어설프게 지은 녹두
눈곱보다 조금 더 큰
맑은 연두 알갱이가
어여쁘고 신기하여
발걸음은 녹두밭에
손과 발을 묶다 못해
마음까지 매달리고
자다가도 녹두밭에
온 마음은 대롱대롱
초록 녹두 달고 산다

안개비

가을 가뭄이 들어
한창 여물어야 할
알곡들이 비틀거린다

안쓰러워, 안쓰러워
새벽 안개비가
정을 나누어 줍니다

세월

눈 속에서 냉이를
찾다 보니 봄이네

지천으로 핀
꽃님들과 노닐면서

옥수수 알갱이를
새들 몰래몰래
흙 속에 숨기다 보니

옥수수 향에 취해서
녹두 팥 콩알들 숨기면서

감자 가지 오이 호박
토마토 참외 수박에
맛 들어 살다 보니

녹두 팥 알갱이와
사과 따는 농익은
천고마비 계절입니다

달빛

유난히 달빛이 밝다
빛나는 밤이다

오늘 하루
생각 없이
살아 내서일까?

빨간 팥의
눈빛만 종일
봐서일까?

온종일 빨간 팥이
벌건 눈알을 굴리면
꼬셔 대더니

이 밤은 환한
낯빛을 한 달빛이
꼬드긴다

살가운 빛으로

단풍잎

싱그러운 새벽
안갯속을
헤집으면 간다

농익은 가을의
새벽에
볼 빨간 나뭇잎이

나의 마음을
붉게 물들여서

머물러 봅니다

혹여
볼 빨간 청춘이
될까 하여 기대여
머뭇거립니다

질곡의 삶 1

수레바퀴 같은 삶

어쩌면
내가 만들었을지도

질곡의 삶
서로의 죄

욕심 때문에
어두운 세상 속으로

내려놓지 못해

질곡의 삶을
수레에 싣고 가고 있다

수레의 짐
버릴 수 있는 것도
자신일 것 같다

질곡의 삶 2

탓하는 이
부인하는 이

같은 숨
호흡하며 사는데

같은 생 사니
너의 탓 나의 탓

서로서로
어떤 대처가 옳은지

이야기해서

그 짐 다
함께 다 버려요

3부

꽃처럼 시처럼

한울타리꽃

선녀의 옷자락이
바람에 날리듯
피어난 한울타리꽃

곱디고운
아름다움에 미련을
버리지 못하여

여명이 오기 전

아무도 모르게
마음속의 사슬
꺼내서 칭칭 동여매
울타리 쳤다

한울타리꽃이
흐드러지면 선녀 될까
하여

완두콩

초록 알이
생글생글

아가의
눈망울처럼
초롱초롱

연한 연두
알에 자꾸만
눈이 간다

연두, 연두의
순한 초록은
나의 얼굴에
미소를 그린다

내가 머무는 곳

풀벌레의 아름다운
선율과 청량한
아침을 선사받는 곳

아기자기한
꽃들과 초록들이
피어나는 곳

장미 매발톱꽃과
캄파눌라꽃이
오래 피어 있는 곳

호박 참외 오이
수박이
치딩굴내리딩굴

고추꽃이 피면
가지꽃이 피는 곳

방울토마토
한 알에 행복이
온몸에 번지는 곳

한낮은 땡볕의
사랑이 넘쳐 나는 곳

해님이 마실 가면
산바람의
사랑이 넘실거리는 곳

꽃처럼 시처럼

꽃 보며 꽃처럼
시를 보며 시처럼

꽃처럼 시처럼
살고 싶어

꽃 한 송이와
이쁜 시 한 편 넣고

그 사이에 나의
초록초록 했던

시절을 넣어 엮어서

목에 걸면
꽃처럼 시처럼
삶이 물들 것 같다

밉다

이제나저제나
하다가 일 년이 넘었다

만나지 말라니

손녀 졸업식
입학식에 가지 못했다

손녀가 어른이 되면
자기가 집을 지을 테니
부모님은 물론
친조부모 외조부모
함께 살자고 했다

유치원 졸업식에서
배려상을 받았단다

사랑스러운 손녀를
못 보니
코로나바이러스가 밉다

나뭇잎

어슴푸레한 산길

내동댕이쳐져
짓밟혀
바스러지는
무수한 생

요긴하게
쓰이고 세월 가
쇠잔해지면

밀려나는 생

떨어져
짓밟히지 않고

인적 없는 곳에
내려앉아
조용히 가고 싶다

삼월

삼월아
아름다운 것만

사월이에게
주고 갔으면 해

아름다운 기억은
두고두고
꺼내 보기만 해도

삶이 한결
수월할 것 같아

삼월의
아름다운 것만
기억하면

살면서 초봄
생각만
해도 가슴 뛸 거야

아프다

아프다는 것은
성숙해지는 것이다

바삐 사느라
뒤 한 번 안 돌아봤다

아프다면 뒤도
돌아보고 이랬는데
이렇게 할 걸
이라는 시간을 보낸다

삶 천천히 가자

갖고자 노심초사
무슨 소용 있을까마는

잊고 잊은 듯 살아온
날들이 다 행복이라네

불황

아프다
동반 상승이었다면

여리여리한
손으로
안마받으며
꾸벅꾸벅 졸면서
느긋하게 있을 텐데

우악스러운
손가락에 찔려
아픈 것은 괜찮다

쫓겨 갈까 봐
하루하루가 불안한
내 이름은 포스다

시 노트 〰〰〰〰〰〰〰〰〰〰〰〰
커피숍을 하면서 불황으로 인해 부득이 20대 직원 및 알바
생을 정리하고 60대 중반인 시인이 일을 시작하면서.

이장

시아버님의
청춘이
숨 쉬는 고향

어쩌다 갔던
남편의
유년의 고향

가고 오기가
바쁘던 곳

전광석화처럼
세월 탓에 느려져

하룻길에서도
풍경들이
눈 속에 담겼다

잊혀지지
않을 것 같은
가을 끝 간절기

담양
대나무 숲과
국수 거리는

선명한 사진으로
남을 것 같다

나들이

답답하다고
아우성친다

먼지가
온 세상을 덮었어도

조류는 집 앞
나들이도 즐겁다

집 앞 나들이를
매일 하는 나는
먼 거리
여행을 선호한다

오늘은
새 머리 되어서
신나게 보내자

정

무 몇 개
파 몇 뿌리에도
정성이지요

무 파는 동태와
보글보글

정이 모락모락

남동생이 준
배추와 무 파는
감칠맛이 나지요

정이 배인
행복한 저녁은
내일을 살아 낼
동력이랍니다

산다는 것은

값나가는 옷을
어쩌다 장만했다

외출 시 입으려고
모셔 놨다가

입지도 못하고
폐 처분했다

헐값에 장만했다
유용하게 사용했다

왜 아직도
그리고 사는지
이유를 모르겠다

어머니

불볕더위도 아랑곳 않고
밭고랑 매시고

물 한 방울
허락 않는 하늘 향해
넋두리 한 번 않고

사력을 다해 물을
대시던 어머니, 어머니

작물들은 그 힘으로
자라서 사랑이
주렁주렁 매달렸습니다

그 사랑 쌈짓돈 되어
달콤한 사랑의 향기가
온 세상으로 나아갑니다

시 노트 ～～～～～～～～～～～～～

팔순을 바라보시는 옆집 언니.

일상

따사로운 봄
여명의 산책길
미나리 채취하고

뒤뜰에서
머위 채취하고
한낮은 두릅을 따고

꽃 보고는
벨 수가 없어
낙조가 필 무렵 하얀
민들레잎을 채취해

조물조물 봄의 향기를
입 한가득 넣으며
나의 몸 안에서도
초록이 피어오른다

산수유꽃

봄이 오면 피어나
별처럼 빛나던
산수유꽃

눈 맞춤하고는
종일 생글거렸던 나

시간을 걸어서 만난

충주 미륵대원지의
산수유꽃

떠나온 고향
성남시, 산성동
남한산성 가는 길
산수유는 잘 있을까?
보고 싶다

봄나들이

하늘이 유난히
파랗게 빛나는 날

시골집 마당에서

아름다운 풀벌레
삶 살짝 보고

팬지꽃 할미꽃
돌단풍꽃 미선나무꽃

냉이꽃 별꽃 광대나물꽃
바람과 노닐다가

달래국수 해서 먹었다

바람

심술을 풀어놓네요
바람이

가만히 보니
봄님을 싣고 오면서

소리를 지르고 있어요
고래고래

봄 오고 있다고

차지만 따뜻한 봄맛이
바람 속에서 나네요

바람 속에 희망이도
있었답니다

가슴이 뛰네요

뜨락을 단장해 놓고
봄이를 맞으렵니다

봄이라네

봄이 피어난다
봉긋봉긋
여기저기서

봉긋봉긋한
모양을 보니

마음속에서도

향긋한 봄이
봉긋봉긋

내 안의
초록의 향기가
올라와
온몸을 간질이다

봄이여

봄이가
부르며
달려갑니다

봄은
희망이
소생하고
기쁨이 옵니다

사시사철
봄이를
생각하면
마음속에 생기가
차오른다

고향

개발이라는 미명하
떠밀려 온 지 어언 일 년
터전이라 생각하고
청춘을 묻은 곳

볼일을 핑계로 돌아보면서
수십 년간을 품고
살아 줘 고맙다는 마음을
전하며 먹먹함에 젖는다

삶이 아프다는 핑계로
무심히 살아 낸 곳
발전이라는 명분 아래
청춘이 서린 고향이 사라진다

가슴 아프지 않으려 태곳적
자연을 더 사랑한다

인위적인 것들도 연기가
되지 않는 자연스러운
옛것으로 남았으면 한다

이월

너를 딛고
삼월을 보잖니

겨울의 연장선으로

긴 고운 태교로
진한 사랑을 머금은
꽃님들은
더 아름답겠지

더 이쁜 모습으로
사랑받을 것 같아
유난히 시렸던
이월아 고마웠다

보고 싶다

우수가 지난 지
사나흘

눈 맞춤한다
자꾸자꾸 자꾸자꾸
맨땅에다

초록이가
얼굴을 내밀고
있을 것 같아서

꽃님들이
숨어서 자꾸자꾸
웃는 것만 같아서

같이 웃고 싶어
봄 마중 가렵니다

냉이

초록을 깨우려고
겨울 막바지에
한파와 삭풍이 분다

덜덜 떨면서

한파에 취해서
누르스름한
냉이 캐 왔다

데쳤더니 초록
초록해졌다
초록에 반하고
향기에 취해서

봄이 오기도 전에
봄맛에
빠져들었다

쪽파

초보가 심어서
엉성하다

쪽파 그림자도
그늘이라고
여름내
눌러앉은 길냥이와
마실 온 길냥이가

그곳에서
놀더니만
망가진 쪽파가
듬성듬성해
미웠다

가을 오니
소복소복
이쁘다
삶 닮고 싶다

시 노트 〰〰〰〰〰〰〰〰〰〰〰〰
가을이 오니 고양이들이 쪽파밭에서 놀지 않았다.

김장

별을 담는 것
달을 담는 것
바람 태양 하늘을
담는 것

우주의 기운과
사랑을 담는 것

세상을 품고
겨울을 따뜻하게
지내라고

붉디붉은 사랑을
꾹꾹 눌러 차곡차곡
담는 것

어머니의
사랑이 피어오른다
고운 심성으로

골담초꽃

꽃이 피기 전에는
몰랐다

골담초꽃이라는
것을

몇십 년 살던
고향을 떠나와
아프게 사는데

여름내
쿡쿡 찔러 대던

너를 외면했다

봄날 다시 만난
너의 고운 모습에

얄미운 너를
잊지 않을 것 같아

섬 제주도

심해에서 불같은
사랑하다

육지로 떠난 사랑
그리워, 그리워하다

뜨거운 사랑이
불기둥으로 승화해
솟구쳐 오른 아픈
사랑인지라

비경의 자태로
사랑가 부르고 있다

아름다움에 반하여

수를 알 수 없는
사랑이 너를 향한다

늙은 해녀

현무암과 흰 모래가
환상적인 곳의 해녀는

바다를 믿고
평생 당당하게 살고도

비경 품속에 쌓여
사랑꾼들 보며

바다가 내주는 양식
평생 먹고도

바다를 원망하는 것은

주기만 하는 바다 같은
젊은 엄마가 되고 싶어서

평생 내 뼈를 갈아
먹고살아 왔다고 소리친다

열심히 살았는데 궁핍한 엄마는 자식에게 내줄 것이 없어

마냥 내주는 바다를 닮고 싶을 것 같다는 생각에.

음식점에서

쉼 없이 포도청에
매달리다

삶의 허기를 메우러 왔다

멋진 풍광만
담겠노라
다짐 다짐을 했는데

허한 속을 채우러
꾹꾹 눌러 seafood로 채운다

머릿속은 비워 둔 채로
만족해하면서

덕유산

청아한 하늘
설국의 본 모습
지키려는 바람

나뭇가지마다 달린
고드름은 햇살을 친구 삼아
광채를 내면서 동시다발적인
바람의 고드름 연주 소리는
천상에나 있을 법한 멜로디였다

신들의 마술보다 오묘한
자연의 섭리 속에 펼쳐진
설국의 빛나는 바람의 연주는

자연이 내게 준 찬란한 사랑
그 사랑 품고 살다가
죽어서도 간직하리라

송인서

pace가 안 맞는다고
모두가 나를 두고 갔다
울고 싶을 때쯤
산봉우리까지 마중
나와 손 내밀며 웃던
낯익은 얼굴
기운이 펄펄 났다

산 여기저기서
이 산 저 산
소식을 전해 주던
송 씨는 어디 갔느냐고
지겹도록 물어 오는데

그때 내가 얼마나
배고픈 얼굴을 하고 있었기에
오늘도 산행은 안 하시고
솥단지만 끌어안고 계실까?

내일은 산행하셔서
그동안 싸인 이야기
보따리를 풀어 보러 가실까요

시 노트 ～～～～～～～～～～～～～～～～～～～

송백 산악회 회장인 송인서님 덕분에 백두대간을 비롯하여
명산을 주말마다 산행했다. 십 년 이상 다니면서.

하녀

울 뜨락에는
갖가지
꽃님들이 산다
나는 꽃님들의
하녀다

이른 봄부터
꽃님이가
호미를 들려준다
초봄 호호
불면서 호미 들고

따뜻한 날은
꽃님들 보느라
나들이 한 번 못 가고
호미질하고

보고 있어도
보고 싶어서 호미를
달고 사는 나는
꽃밭 주인 꽃님의 하녀다

팥배나무 열매

빛나는 봄날
보았지

팥배나무꽃을

하얀 순정에
반하고

빨간 정열에
반하고

보릿고개 시절

하얀 꽃으로 한 번
빨간 열매로 한 번

주린 배를
채웠을 것 같은

꽃과 한 번
열매와 한 번
대면의 기쁨을 맛보다

구공탄

동장군 기세에
벌벌 떨던 나를
따뜻하게 품어 줬다

소싯적에는 모두를
따뜻하게 했지만

현재는 기다리는
그이에게만
사랑을 주겠지

독기가 무서웠지만
따뜻함에
반해 곁에 머물렀다

기억 속에
남아 있는 네가
내가 아닌 그이에게

따뜻한 사랑을
주고 있어도 훈훈함이
온몸으로 피어오른다

연탄가스로 인해 큰일 날 뻔했지만, 여전히 연탄을 피워야

했던 시절이 생각나서.

구름

배시시
창문 너머로
동공이 확대됐다

두둥실 두둥실
하늘 밭에
구름 꽃 만발이다

나의 마음도
꽃구름에 실어 봅니다

구름 꽃밭을
봄바람이 시샘하더니

봄바람에 실려
꽃구름은 흩날린다

나의 마음도 봄바람에
실려 꽃구름과 함께
흩날려 가 꽃밭에 앉았네

시 노트. ~~~~~~
여동생 신금현의 시.

술래 3

상위
교육을 받아서

멋진
직장을 다니다가

좋은 배필 만나
알콩달콩

자식 키우며
부모님 사랑 속에

부모님
섬기며 살고 싶어

허기를 메우고자

꿈을 찾아서 가는
나는 술래다

사랑을 빛는다 3

그 예쁜 선홍 빛깔에
반하여
나누고자

가족의
미래도 담아 보고

반하여
취하는
이에게
마음을 담아서 주네

탄다
사랑이 타오른다

그 맛에 농부는
또 선홍 빛깔의

오미자 주를 빛는다
사랑을 빛는다

시 노트

첫 번째 시집 『꽃잎에게 박수를』에 수록되었던 시가 모태가
되어 세 번째 『사랑을 빚는다』 시집에 다시 수록.

1. 白雪

온통 눈밭이다. 귀할 때는 예쁘고 반갑고 고맙다는 생
각을 했다.

옆집 호호백발 복례 언니는 집 마당을 겨우 한 사람 다
닐 수 있게 비질을 해 놓고 통 안 나오신다. TV 혼자 떠들
든지 말든지 전기장판 위에 누웠다. 앉았다. 숨만 쉬고 계
신 것 같다.

멀쩡한 사람 방 귀신 만들어 놓은 것 같아 하얀 눈이 얄
밉게 느껴진다.

이른 봄부터 늦가을까지 새벽부터 어둑어둑해질 때까
지 밭에 사시던 호호백발 선녀 언니는 눈을 핑계 삼아 서
리태콩 못난이 골라내느라 두문불출 수일째 그림자 한 번
못 봤다.

옆집 언니네로 간간이 마실 오시던 호호백발 언니들도
두문불출. 칠팔구십이 넘은 언니들은 눈밭이 무서우신가
보다.

건넛마을 육순 넘은 젊은 언니들도 두문불출. 칠순을 바라보는 나는 양쪽 집 마당만 힐긋힐긋. 건넛마을 태풍이 엄마와 반려견 태풍이도 두문불출. 미끄러워서 꼼짝 않고 집에만 있나 보다. 하루에 몇 번씩 들길을 걷던 태풍이 엄마 순이 씨도 태풍이 산책도 안 한다.

순희 씨와 태풍이도 白雪이 덕분에 구들장과 친해졌나 보다.

옆집 동생네만 바라보면 가슴이 아려 온다. 동생은 수술하고 집에 있다. 동생은 운동해야 한다면서 간간이 왔다 갔다 하며 지낸다. 동생댁은 동생 병원에서 퇴원한 날 눈길에 넘어져서 손목 골절로 白雪이 무서워 두문불출. 가슴 아프다.

내가 생명수라면서 평생 사랑하면서 이뻐한 생명수 白雪이 미운 시간이다. 나까지 무너질 수가 없어서 눈이 아무리 많이 왔어도 울 동생네 반려견 하루를 하루에 세 번 산책시켰다.

날마다 눈길을 걸었다. 어느 날은 순이 씨와 눈길을 걸었다. 그 후로는 순희 씨는 손녀도 오고 춥고 미끄럽다며 셋이서 방콕 여행 중.

아침 일찍 하루 산책시키고 와서 감기 들 뻔했다. 얼른 감기약 밀어 넣고 용감한 척하고 산다. 씩씩한 나를 보는 사람들에게 힘이 될까 하여.

2. 웃프다

Facebook에서 어느 시인이 문학단체가 경로당 문단이라고 했다. 공감한다. 과거는 삶이 고만고만했지만 현재는 삶이 하늘과 땅이다.

우리 세태는 대부분 자연과 접하면서 어려움 속에서도 티격태격하면서 형제들과 오순도순 지냈으며 한 이불 덮고 밥과 반찬도 서열이 있었다. 서열에 불만은커녕 당연하다고 받아들였다.

식구들이 많고 맞벌이도 힘겹던 시절 볼거리도 정보도 쉬이 접할 수 없었다. 양변기 문화가 대중화된 것은 겨우 30년 안팎이다. 삶 또한 녹록지 않았기에 초·중교 학력이 부지기수였다. 여자들은 더 심하고 사회적 여건상 요즘처럼 혼자서는 상급 교육은 꿈꾸지도 못했다.

부모님을 섬기며 세상과 부딪쳐 가며 자식을 위해 열심히 살다가 나이 들어 심적으로 여유로워지면서 정서가 변했다. 하고 싶었던 것을 시로 글로 풀어낸다고 생각한다.

요즘 시대도 나이가 들어 여유로워지면 정서가 변해 경

로당 문단 맥을 이어 갈 것 같다는 생각이 든다.

경로당 문단의 contents로 인하여 영감(靈感)을 얻어 Idea가 세상의 빛이 되길 바라면서. 현재는 웃프나 희망은 있다.

3. 귀촌 일기

개발이라는 이름 아래 타의에 의해 떠밀려 귀촌했다.

십 년 전 second house를 장만했다. 혼자 사는 처남과 이웃하고 살고 싶다는 남편의 권유도 있었고 나 자신도 전원생활을 동경(動徑)했다. 건설 회사에 근무한 경력이 있는 남동생이 자신의 땅을 나누고 집을 손수 지어 줘서 수월하게 마련했다. 십여 년간 남편은 이따금 second house에 갔으나 나는 커피숍을 하고 있어서 십여 년간 머무른 기간이 한 달도 안 되는 것 같다.

다 그렇듯 삶이 팍팍해 엄두도 못 낼 일을 동생이 짓고 관리해 준 덕분이었다. 동경(動徑)은 했으나 일을 놓을 수가 없어서 이제나저제나 하다 나이가 칠십이 다가오니 귀촌하고 싶다는 생각이 사라졌다. 살던 집이 재개발하게 되어 남의 집에 세를 산다는것이 싫어서 살던 곳의 집이 완공할 때까지만 살기로 하고 이사 왔다.

평생 장사를 한다는 핑계로 살림은 먼 나라 일처럼 생각하고 살아온지라 짐을 정리하다 보니 이사는 봄에 왔는데 가을의 끝자락에서야 이삿짐 정리를 다했다.

원래 놀기를 싫어하던 나는 처음으로 양파와 마늘을 심

어 놓고 뜨락에서 돌을 골라내고 화단과 밭을 정리하기도 했다.

봄과 여름에도 집 정리를 하다 지겨우면 잠깐씩 뜨락을 나누어 정리했다.

46년 만에 하는 쉼이라 간간이 근동에 장 구경과 가까운 산에 자주 갔다. 올해 봄부터 대파, 쪽파 등을 심고 옥수수 씨를 사방에 뿌렸다.

농사에 농 자도 모르면서 한 관계로 씨 값은 나왔는데 품삯이 없다. 그래도 옥수수는 옆집과 아들, 사돈, 동생네를 만족할 만큼 주고 나도 먹었다.

복숭아 묘목, 백도, 황도를 사과밭 옆에 끼워 심고 청포도, 적포도 묘목은 뜨락에 심고 구지뽕, 묘목 2그루는 뒷산에 심었다. 한 그루는 외로울까 봐 2그루를 심었고 늘 뜨락과 사과밭에서 풀들의 머리채 잡고 싸웠다.

40여 년간 장사하면서 볼 꼴, 못 볼 꼴을 다 봐서인지 밭에서 돌들 쫓아내고 풀과 싸우는 일이 때로는 행복했다.

삼십 대에는 학교 4개가 있는 길목에서 슈퍼와 문구점을 겸했다.

중학교 3개, 대학교 1개. 중학생들을 말할 수 없이 순진했으며 대학생들 또한 순박하고 의리 넘쳤다. 아이들 소리와 청년들이 북적대던 소리가 그립다.

늘 궁리를 한다.

무엇을 심을까? 하고. 2월 중순부터 사방에 옥수수 씨를 직파했다. 봄날 토종 창포를 감자밭에서 뽑아서 도랑에 다 옮겨 심었다. 생명이 강인한 토종 창포는 안하무인으로 자라고 그 주위 풀들도 창포를 보고 자라서인지 창포보다 한술 더 떠 억세고 안하무인이다. 죽지도 뽑히지도 않는다.

해당화는 뽑아서 마당 넓은 집에 보냈다.

집 안에 가시나무가 있으면 '삶이 깔끄럽다.'는 말 때문에. 모르면 약인데 나의 귀가 얇아서 듣고는 마음에 걸려 뽑아 보내면서도 만인에게 사랑받기를 바랐다. 가시오갈피도 뽑아 버렸는데 동생댁이 "언니, 그거 귀한 토종인데요." 해서 다시 대문 밖 문지기로 세웠다.

오는 봄에는 거름 줘야겠다. 전에 살던 곳의 라일락 향기가 그리워 2그루 심었다.

봄이면 피어오를 라일락 향기를 생각하니 가슴이 뛴다.

작년 봄 흐드러지게 핀 목련은 지식 없는 나를 만나 올봄에는 꽃님이 오지 않았다.

지난가을 작약을 베면서 같은 종인 줄 알고 싹둑싹둑 베어 버렸기 때문이다.

뜨락에 냉이꽃, 별꽃, 봄까치꽃, 게으른 복수초, 돌단풍, 무스카리꽃, 동강할미꽃, 미선나무꽃, 으아리, 벗, 꽃잔

디, 창포, 금계국, 네리네, 꽃무릇 등등 엄동설한 빼고는 갖가지 꽃님들이 흐드러지게 핀다. 그래도 뼛속까지 도시인인지라, 일 년 이상 농촌에 살다 보니 도시로 가야겠다는 생각이 든다. 세상 하직하는 날까지 살겠노라고 귀촌했더라면 후회를 많이 했을 것 같다.

자연이 아름답고 만물의 살고자 하는 힘이 경이로울 뿐이다. 땅에 한 알을 심으면 수십 알이 되어 돌아왔다. 자연을 보면서 삶을 위해 쉼 없이 달려오길 잘했다. 정말, 잘했다. 뭐든 할 수 있을 때 해야 한다. 일도 놓치고 나면 다음은 없다.

파, 마늘, 녹두, 팥, 콩들을 내년에도 심을 줄 알았지만 농사는 멀리해야 할 것이다. 모든 일에는 준비보다 연습이 필요한 것 같다.

나는 또 동경(動徑)한다. 도시를.

4. 삶 그래도 아름답다

내 생의 40대는 건너뛴 것 같다. 기억을 더듬어 보니 유방암 수술하고 재산 축적도 그때 거의 다한 것 같다. 그 누구의 도움도 없이 빈털터리로 축적한지라 대출금을 갚는 데 사력을 다하다 보니 그렇게 생각한 것이다. 잠을 줄여 가면서 긴 시간 일했다.

직장을 다니면서 재산을 모은다는 것이 참 힘든 시기였다.

지금은 자영업자들이 월급을 제때제때 주지만 그때는 다들 어렵던 때라 그랬는지 툭하면 월급이 늦어지거나 미루다가 안 주기도 했고 가정주부는 직장 구하기도 힘들었다.

빚내서 슈퍼와 문구점을 겸했다. 장사는 혼자서는 할 수 없었다. 지금은 도매상에서 배달해 주지만 그 시기에는 직접 서울에 가서 장을 봤다. 남편은 다니던 회사를 그만두고 장 보는 일을 도맡아 했다.

우리는 중학교 앞에서 장사했는데 그 시절은 아이들이 참 많았다. 거리는 아이들 소리로 시끄러웠다. 잠시나마 그 시절이 그리워서 이 글을 쓰는 것이다.

저녁이면 수업을 끝내고 와서 놀다 싸우고 공 어설프게 차서 남의 집 유리창 깨는 일은 다반사였다.

나는 25년 이상 중학생 아이들 속에 살았다 해도 과언이 아니다. 그 30년 전으로 거슬러 가서 생각으로라도 아름답던 그곳에 가서 머물다 오리라는 마음으로 긁적인다.

그 시절은 아이들이 많았던 관계로 초등학교 6학년은 시험 봐서 성적순으로 중학교가 배정됐다. 중학교도 갑, 을, 병, 있었으며 고등학교, 대학교로 올라갈수록 경쟁률이 올라갔다.

갑인 고등학교로의 입학률이 많을수록 중학교는 주변 농촌 마을에서 장거리 통학도 마다하지 않았다.

초등학교를 7살에 입학한 아이는 겨우 13살에 장거리 통학했다. 지금은 교통편이 많지만 그때는 버스가 전부였다.

오전 8시까지가 등교 시간이다.

지금처럼 도로도 발달되지 않아 시간 많이 걸렸다.

만원 버스를 감당할 수 없는 여자애들은 첫차를 타고 와 너무 일찍 도착해서 교문이 잠겨 있거나 교실 문이 잠겨 있어서 우리 매장에 와서 있다가 교문이 열리거나 교실 문이 열리는 시간이 되면 학교로 향했다.

그때 당시 나는 매장을 새벽 6시 전에 열었다.

매장문을 여는 순간부터 많은 아이들이 가게로 밀려 들어왔다.

새벽에 등교해 집에 가면 이르면 저녁 6시, 늦으면 저녁 8시였다. 학교 한 군데 다니기도 버거웠을 것이다.

이 중에는 첫차 타고 왔다가 수업을 마치고 일찍 하교한 후에도 버스 타는 것이 버거워 운 아이는 사람이 붐비는 시간을 피해서 갔다.

오후 8시보다 더 늦은 시간에도 집에 들어간다고 하소연했다.

그랬던 그녀들이 고등학교, 대학교를 졸업하고 사회에 적응하며 씩씩하게 사는 것은 성장 과정은 힘들었지만 아름다운 과정이 있어서인 것이다. 장거리 등하교로 인해 심적 단단함이 남아서인 것 같다. 그렇게 아름다운 3년이 흘러갔다.

꽃처럼

이 세상
모든 사람의
마음이
꽃이었으면 좋겠다

그럼

온 세상에는
아름다운 열매만
주렁주렁 열리겠지

3년 새 많이 변해 도로가 새로 생기고 교통편도 여유가 생겼다. 몇 해는 예쁘게 지나갔다. 그러던 어느 때부터인가 몇몇 아이들이 온종일 등교하고 온종일 하교했다.

그들 중 어떤 학부모는 방학 빼고는 사시사철 아이들이 졸업할 때까지 등교 시간에 와서 하교 시간까지 운동장이나 교문을 지키고 있다가 아이와 같이 하교했다.
그때는 이혼한 부부가 흔치 않아서 엄마들이 그렇게 할 수 있었던 것 같다.

그 후론 이혼 가정의 아이들이 늘어갔다.
체계와 인성이 조금씩 무너져 갔다. 학교 대 학교 아이들끼리 패싸움하는 것도 종종 봤다.
가출이 늘고 일진이란 조직도 있었다.
까불까불한 아이들은 어김없이 중학교 입학도 하기 전에 일진이란 조직의 아이들에게 찍혀 일진이 됐다.
누구나 살면서 조심해야 한다고 생각했다.

그 광경에 가끔 가슴 먹먹했다.

사회가 급변해 결혼보다 혼자 사는 미혼자가 많아진 관계인지 결혼해도 아이 키울 여력이 없어서인지 구시가지에서는 유리창 깨지는 소리는커녕 아이들 보기가 힘들어졌다.

그렇게 중학교 3개를 합쳐 사천~오천 명이 되었던 아이들이 줄어 3개 학교를 통합해 1개가 됐지만, 학생 수는 5백 명 안팎이어서 문방구를 접고 커피숍을 8년 이상 하다가 귀촌해서 산다.

전에 가끔 지금 사는 곳에 오면 공기에 매료됐다.
그렇게 일정 기간 살다 가야겠다는 마음으로 온 지 어느새 두 번째 겨울이다. 눈이 쌓여 자유로이 오갈 수가 없게 되니 사람의 향기가 그리워진다.

북적이는 곳에서 공도 맞아 보고 공에 맞아 유리창도 깨지는 소리도 듣고 유리창 깨고 달음질쳐 가는 아이도 보고 아이들 소리가 시끄럽다고 아이들이 우리의 소중한 유산이라는 것도 모르고 소리를 질러대시던 고약한 할머니 소리를 듣고 싶다.

청춘이 그리운 것이 아니라 평소 언제 어디서나 어른, 아이 할 것 없이 북적거리는 곳이 어디에 있을까. 가 보고 싶다.

사막

앙상한 몰골로
죽어 가는
나무를 지나쳐 왔다

오다 보니
끝없는
모래사막뿐

아무리
둘러봐도
풀 한 포기 없더라

소리를 질러도
메아리마저
떠나가더라 후회했다

같은 처지가 돼
뼈만 남은
그 나무가 그리웠다

한 번 둘러보고
올 것을 하고
두 번 후회했다

기댈 수는 있었는데

시 노트 ～～～～～～～～～～～～～～～

결혼해 살면서 모든 부부가 갈라서지 말고 기대
고만 살면 세상이 더 아름다울 것 같아서.

감사합니다.
건강하시고 행복하세요.